温妮钓大鱼

Winnie AND Wilbur
温妮女巫驾到

[英]劳拉·欧文 著
[英]科奇·保罗 绘
刘勇军 译

中信出版集团 | 北京

图书在版编目（CIP）数据

温妮钓大鱼 /（英）劳拉·欧文著;（英）科奇·保罗绘；刘勇军译 . -- 北京：中信出版社，2023.5
ISBN 978-7-5217-5448-3

Ⅰ.①温… Ⅱ.①劳… ②科… ③刘… Ⅲ.①儿童故事—作品集—英国—现代 Ⅳ.① I561.85

中国国家版本馆 CIP 数据核字（2023）第 036389 号

Winnie's Big Catch originally published by Oxford University Press, Great Clarendon Street, Oxford © Oxford University Press 2009
Winnie Shapes Up originally published by Oxford University Press, Great Clarendon Street, Oxford © Oxford University Press 2011
This adaptation edition is published by arrangement with CITIC Press Corporation for distribution in the mainland of China only and not for export therefrom
Copyright © Oxford University Press (China) Ltd
Simplified Chinese translation copyright © 2023 by CITIC Press Corporation
Oxford is a registered trademark of Oxford University Press
ALL RIGHTS RESERVED

本书仅限中国大陆地区发行销售

温妮钓大鱼

著　者：［英］劳拉·欧文
绘　者：［英］科奇·保罗
译　者：刘勇军
出版发行：中信出版集团股份有限公司
　　　　　（北京市朝阳区东三环北路 27 号嘉铭中心　邮编　100020）
承　印　者：北京盛通印刷股份有限公司

开　本：880mm×1230mm　1/32　印　张：6　字　数：100 千字
版　次：2023 年 5 月第 1 版　印　次：2023 年 5 月第 1 次印刷
京权图字：01-2022-4179
书　号：ISBN 978-7-5217-5448-3
定　价：28.00 元

出　品　中信儿童书店
图书策划　红披风
策划编辑　谢沐
责任编辑　谢沐
营销编辑　易晓倩　李鑫橦
装帧设计　李亚熙　颂煜文化

版权所有·侵权必究
如有印刷、装订问题，本公司负责调换。
服务热线：400-600-8099
投稿邮箱：author@citicpub.com

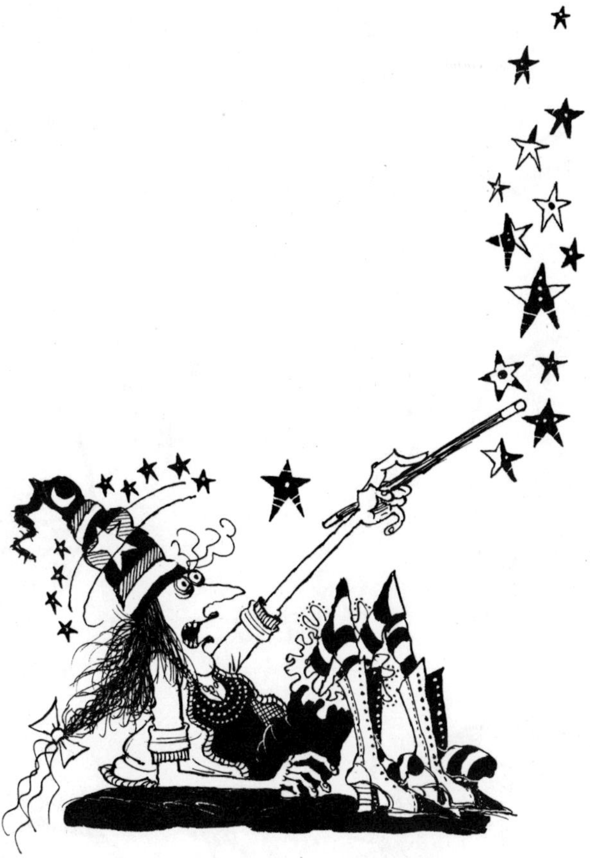

与温妮和威尔伯一起进入魔法世界吧！

威尔伯
温妮的宠物猫，也是温妮最好的朋友。他经常被温妮的奇思妙想吓到，不过，也乐于与温妮一起冒险。

温妮
热情、友善、机智，却总是一不小心惹出大麻烦。她喜欢吃各种奇怪的食物，比如蠕虫脆片。

帕尔玛太太
学校秘书，负责处理学校的一些事务。

家具店老板
对温妮递过来的钱非常警惕，担心收到假币。

大块头多丽丝
博格底流浪者队的足球运动员。

臭脾气斯坦
渔夫，钓鱼技术高超。

萨姆
村民小孩队的足球运动员。

校长
帕尔玛太太的上司，
特别自以为是。

奈吉尔
健身房的私人教练，
个子很高，肌肉发达。

孩子们
一群学生，在帕尔玛太
太工作的学校里读书。

万达
温妮的姐姐，特别
喜欢显摆。

目录

温妮钓大鱼 1

温妮进球了! 23

温妮的短裤

45

温妮的二手货

67

嘘，温妮！　91

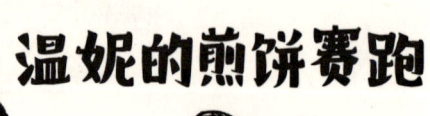

温妮的煎饼赛跑　113

温妮的卫星导航

137

温妮爱健身

159

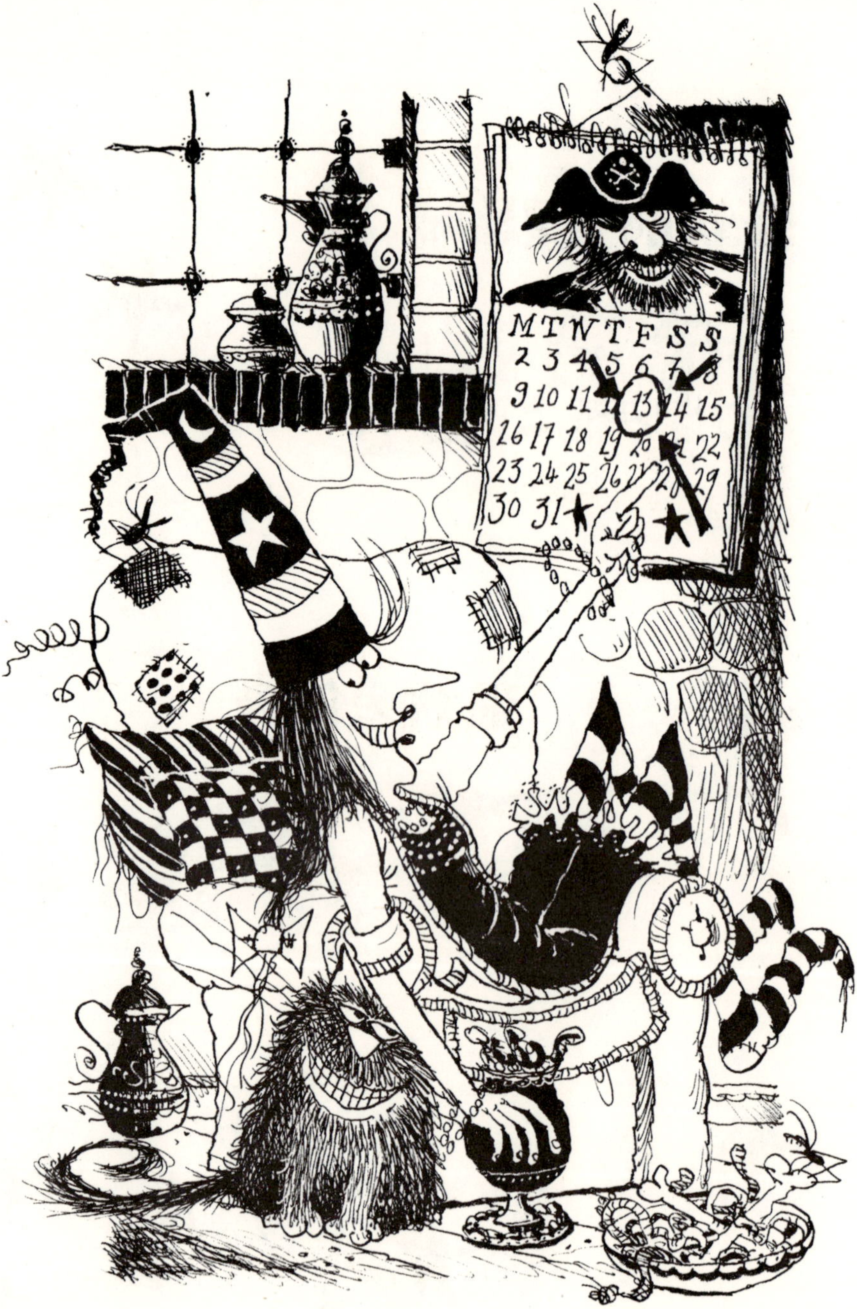
M T W T F S S
2 3 4 5 6 7 8
9 10 11 13 14 15
16 17 18 19 22
23 24 25 26 29
30 31

温妮钓大鱼

"咦？这是什么意思？"温妮指着墙上的日历说。温妮用红圈特别标记了13号这个日期，还画了箭头来提醒自己。温妮捂住嘴巴惊呼道："对啊！你的生日到了，是不是，威尔伯？"

"喵。"威尔伯扬起眉毛上的长毛，温柔地回应道。他用脑袋蹭了蹭温妮，抬头看着她的眼睛。

"我还没给你准备礼物呢!"温妮说,"明天就是13号了!不过我肯定会给你一份超棒的礼物,威尔伯。你待在这儿梳梳毛什么的,我去书房网购一番!"

温妮伸出舌头帮助自己集中精神，她十分缓慢地拼出了"猫"这个字，然后点击了屏幕上一个包装得很精美的大礼包的图片。紧接着，屏幕上闪现出了大礼包里的东西，有猫粮、猫用爽身粉、猫项圈，还有猫用驱虫药和猫砂盆。

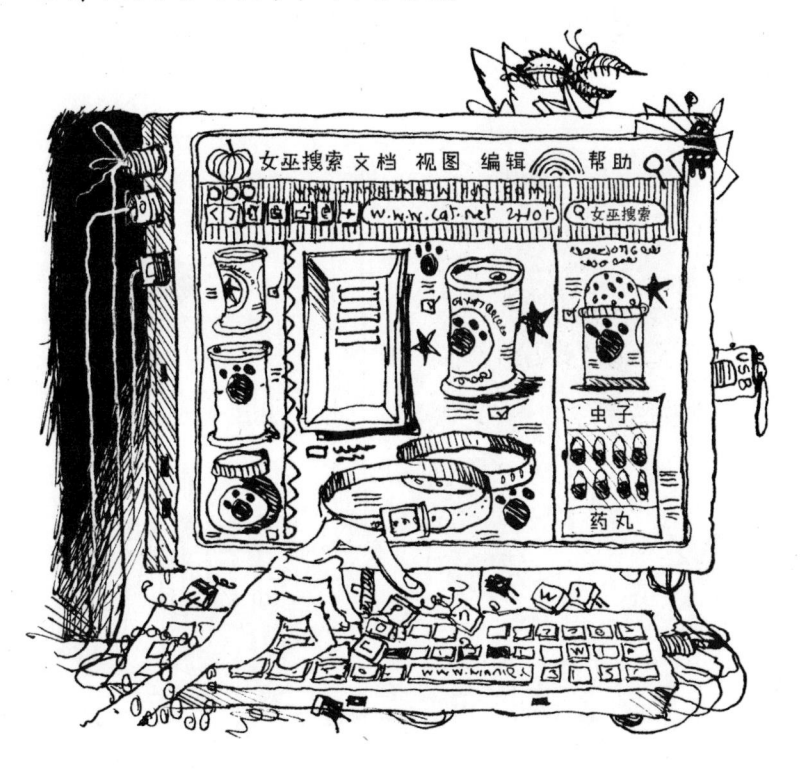

"真没劲,就像蜗牛跟你聊室内家装似的,一点生日的气氛都没有。"温妮自言自语道,"我可跟威尔伯保证了,要送他超棒的礼物!"

温妮再次点击另一个大礼包的图片,然后出现了一些人们正在做极限运动的图片。

"酷！"温妮说，"这还差不多！我可以带威尔伯去跳伞、去滑水、去海钓，好好过一过这个特殊的日子！"温妮拍起了手，"太激动了！我该选什么呢？呃，肯定要选钓鱼，威尔伯可喜欢吃鱼了，不论大鱼还是小鱼，都是他的最爱。"

于是温妮点击鼠标，预订了第二天去海上钓鱼的渔船。

威尔伯当天一晚没合眼,生怕温妮忘了给他准备礼物。温妮也一晚没合眼,因为她实在有点按捺不住要告诉威尔伯礼物是什么。于是蟑螂闹钟叽叽吱吱地响起时,他们都第一时间跳下了床。

"生日快乐，威尔伯！"温妮说，"我今天要带你出海钓鱼庆祝生日！"

"喵！"威尔伯抬起爪子，像船上的水手一样跳起了吉格舞。

"穿好防水服！"温妮说，"我们出发！"

他们骑着扫帚飞到港口,找到渔夫臭脾气斯坦的渔船——"坏脾气罗杰"号。

"啊哈!"臭脾气斯坦说,"一个女人、一只猫,你们觉得自己很擅长钓鱼吗?"

"不好意思!"温妮生气地说,"我和威尔伯钓起鱼来,可都是一把好手!"

"真的吗?"臭脾气斯坦摸着胡子说。

"真的。"温妮说,"发动引擎吧,我们出发。"

"喵?"威尔伯说。

渔船上又吵又臭。它晃晃悠悠地在一波比一波大的海浪中穿行。

温妮紧抓着船边不放,威尔伯也紧紧地抱着她。

"哈哈!"渔夫说,"我就知道,你们一到海上就露怯了!"

渔船颠簸得忽上忽下，温妮和威尔伯的肚子也被颠得翻江倒海。温妮的脸色已经发绿了，威尔伯的耳朵也贴到了脑袋上。

"到现在好像和'生日礼物'没什么关系，是吧？"温妮说。

"旱鸭子，真差劲！"臭脾气斯坦说。

"海鸭子，你才差劲呢！"温妮说。

接着船停了下来。太阳终于出来了,渔夫也取出了钓竿。

"总算可以玩一会儿了!"温妮开心地说,"我们来钓鱼吧,你饿了吗,威尔伯?"

"喵!"

"我也是!"

"那就给钓钩挂钓饵吧。"臭脾气斯坦说。

温妮和威尔伯把扭动的蛆虫挂在了钓钩上。

"这玩意儿全喂鱼了也怪可惜的!"温妮说着将一条虫子扔进嘴里。他们甩出渔线,等啊等……

"哈哈哈。"臭脾气斯坦钓上了一条又一条大活鱼,个个儿活蹦乱跳。

接着,温妮感觉渔线被扯动了一下,赶忙收线。"我钓到了!我钓到了……呃……一只旧油桶。"她说,"真晦气!"

"喵!"

"嗯,威尔伯,你钓到什么了?快把线收回来!加油……啊,见鬼。"威尔伯钓上来一堆海草。

"又有了!"温妮大喊,"哦!我看到它在动了!是活的!这是……这是什么鬼东西?"温妮钓上来一只特别奇怪的生物。

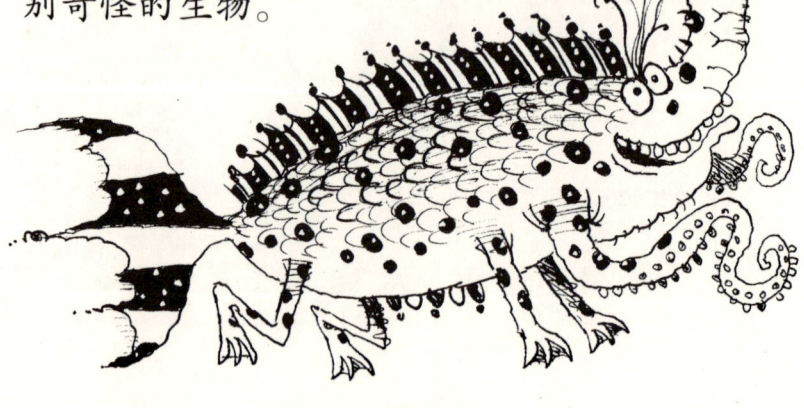

"我就知道你们钓鱼技术很烂！"臭脾气斯坦说，"瞧瞧我钓了多少鱼！"他钓了整整一筐大活鱼。

"那我们就吃你钓的吧。"温妮说。

"想得美！"臭脾气斯坦说，"这是我的鱼！想吃自己钓！"

"钓就钓!"温妮说,她取出魔杖,"阿布拉卡达布拉!"

下一秒,威尔伯就兴奋地喵了一声,他那边有东西上钩了!

"抓稳了!"温妮说,然后抱紧威尔伯,他们发觉咬钩的东西非常大。"见鬼,这家伙怎么这么大!"温妮说。威尔伯钓到的鱼渐渐浮出水面,那家伙大得就像一座小岛,而且越来越大、越来越大……

"天啊,是条鲸鱼!"臭脾气斯坦说,"快松手!不然船会被顶翻的!"

但威尔伯和温妮还是死死抓着钓竿，很快小船就被鲸鱼拖着动了起来。渔船的移动速度越来越快、越来越快，最后都在水上滑行了。

"我们在滑水！"温妮说，"真好玩！"

"喵！"威尔伯也非常开心。

鲸鱼的速度又加快了！

"喵！"威尔伯突然惊叫道，因为温妮的裙子鼓满了风，他们一下子被卷到了天上！

"我们在跳伞！"温妮大喊，"太好玩了，是不是，威尔伯？"

"快回来！"臭脾气斯坦说。

温妮低头看了看，发现臭脾气斯坦的脸已经绿得不行了。"好吧好吧，真烦！阿布拉卡达布拉！"

19

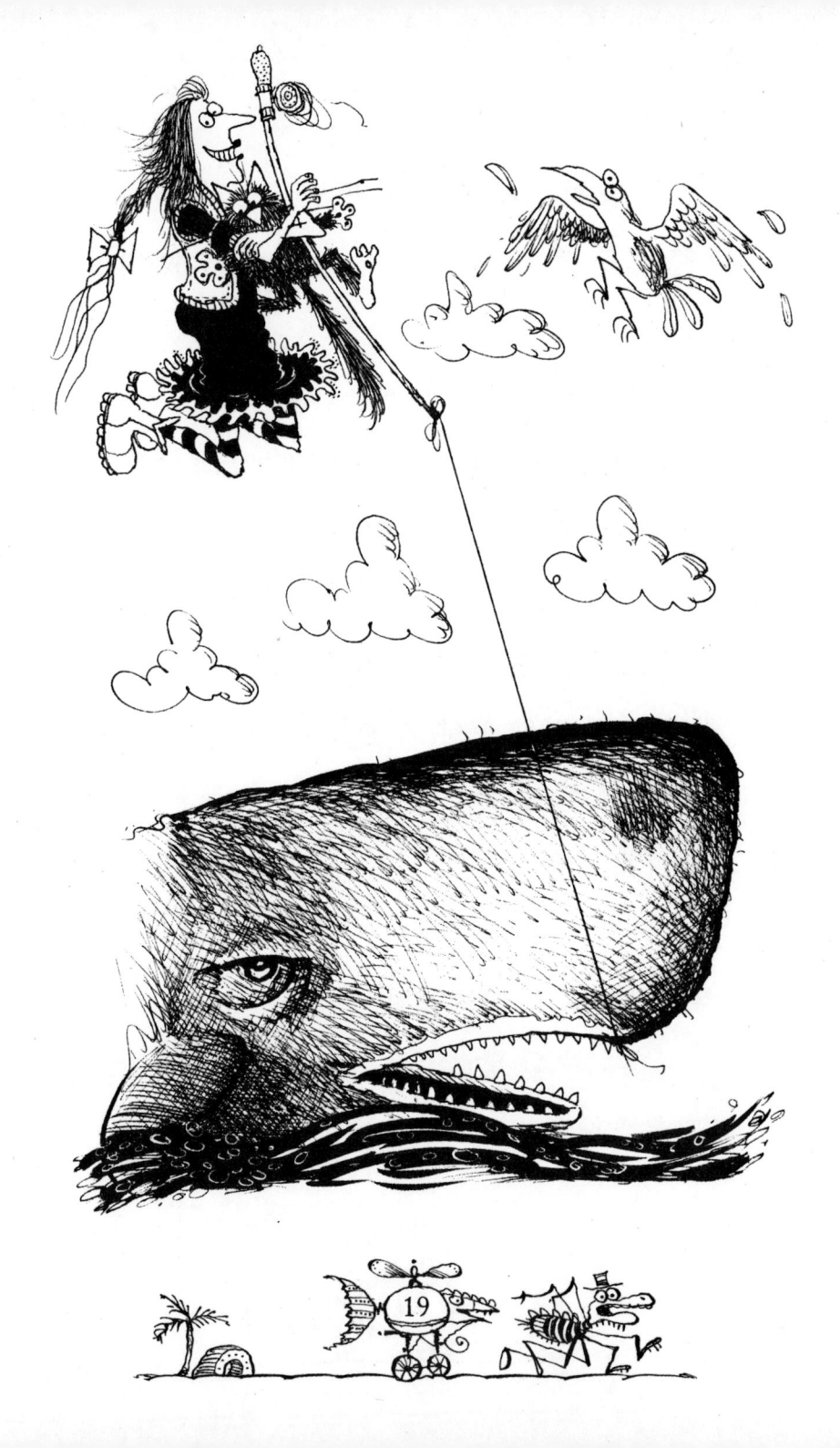

转眼间，鲸鱼就离开了，温妮和威尔伯稳稳地落在船上，小船也刚好驶到了岸边。

"正好赶上午饭时间！"温妮说。

温妮和威尔伯把钓上来的旧油桶改装成了烧烤架，臭脾气斯坦在旁边发着抖，身子往外冒着气儿。

"我们做烤串吃，威尔伯。"温妮说，"我们还可以做美味的海草沙拉。"她又用那条奇怪的鱼和其他零碎的东西炖了一道菜。

"呃……我也饿了。"臭脾气斯坦说，"但我可吃不了那些东西。"

"我们也没请你吃。"温妮说，"你连鱼都不愿意分给我们。"

"这个……"臭脾气斯坦说,"抱歉我刚才态度不好。那你们愿意和我一起吃鱼吗?"

"非常乐意。"温妮说,"你来当我们的客人吧。那样这场生日派对就圆满了!生日快乐,威尔伯!"

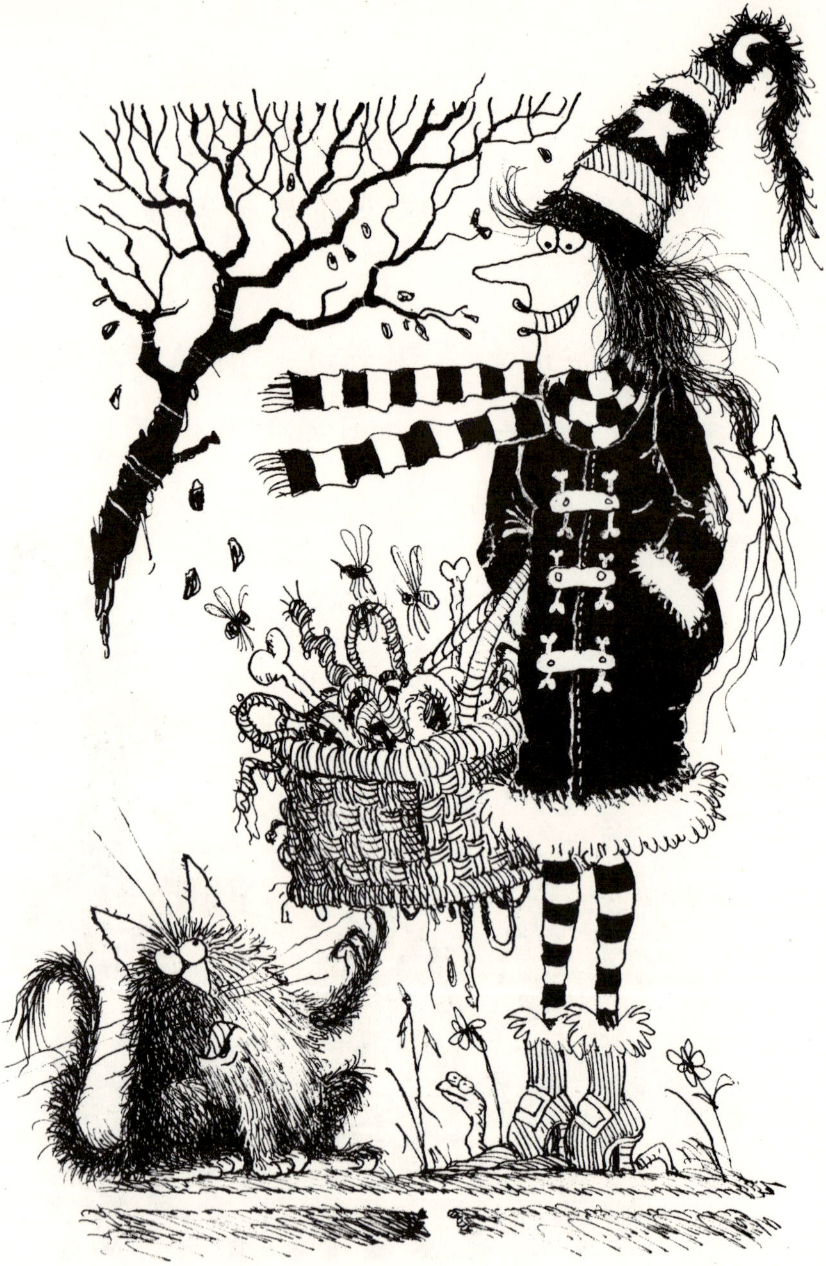

温妮进球了!

温妮和威尔伯在学校,正等着足球比赛开始。

"喵?"威尔伯指着温妮拿着的篮子问。

"哦,就是一些小零食而已。"温妮说,"我带了腌蛤蟆卵,还有你最喜欢的火鸡和毛毛虫零食。"

威尔伯舔了舔嘴唇。

"我还带了……"温妮继续说着。这时

一个叫萨姆的小男孩扯了扯她的袖子,然后指着温妮的腿。

"你也穿着足球袜。"他说。

"这不是袜子,是裤袜。"温妮说,"而且跟足球可扯不上关系。"

"但它也是红色和黄色的,你肯定是我们队的!"萨姆说。

"我不会踢球——"温妮开口道,但萨姆根本没听她说话,而是拖着她往球员站的地方走。

"看见我们的对手了吗?"萨姆指着身穿紫色和绿色球袜的球员说,"他们就是博格底流浪者队。"萨姆又指向对方队伍里体格最壮的女生,"那就是他们的队长,大块头多

丽丝。所以我们也需要一位长得高的队员。我们需要你,温妮。"

温妮卷起袖子。"好嘞,"她说,"那你跟我说说比赛规则吧。"

"首先,要把球踢进球网里才算进球。"萨姆说。

"小菜一碟碟，挤爆小虫虫！"温妮说，然后她挥了挥魔杖，"阿布拉卡达布拉！"

球瞬间从萨姆手里射进球网。

"万岁！"温妮说，"我们赢了！"

"这不算！"萨姆说，"哨声响了，比赛才算正式开始。"

"见鬼!"温妮说,"那你倒是说清楚点哪,萨姆!什么哨声?赶快开始吧,孩子们!"

嘀——哨声响起。转眼间,大块头多丽丝就控制住了足球,她一肘把一个男孩撞飞,同时又踩了温妮的脚指头。

"哎哟，我的天哪！"温妮捏着脚指头，单脚蹦着对多丽丝尖叫道，"你这个讨厌的赖皮鬼！"足球被流浪者队牢牢控制在脚下，队员们配合默契，相互传球，稳扎稳打地推进到了站在球门前的萨姆面前。萨姆吓得膝盖都并在了一起。

嘭！球应声射出。

萨姆奋力跃出，却扑错了方向。

唰！球成功入网。

"进啦！"多丽丝喊道。

嘀——哨声响起，同样的剧情再次上演，推搡，踩踏，摔倒，进球。

"哎哟，哎哟，哎哟！"温妮的队友们连连哀叹。而流浪者队却左一脚、右一脚，把温妮他们队玩得团团转。

"又进球啦！我们队才是最棒的！流浪者队2∶0领先！轻轻松松，小菜一碟！"

"见鬼，真讨厌！"温妮说，"快把我的魔杖拿来，威尔伯！阿布拉卡达布拉！"

转眼间，博格底流浪者队队员球裤上的橡皮筋全都消失了。与此同时，一根长长的橡皮筋把温妮的腿和球连接了起来。

这下球终于来到了温妮脚下。每次有提着裤子的流浪者队的队员跑过来想要断球，球就会弹回温妮脚下。

球被温妮踢出去又弹回来,她往前带球,朝着球门冲去。观看比赛的村民们都在呐喊:"温妮!温妮!"

温妮继续带球,离球门越来越近。

"你才是赖皮鬼!"多丽丝对温妮大喊,"裁判!裁判!她在球上绑了橡皮筋!"

但帕尔玛太太根本没空搭理她。温妮已经来到球门前,她大幅度地摆起腿,用尽全力踢球,球奔着球门嗖嗖飞去。

"好球!"村民们喊道。

但是……正当球即将穿过门线的时候……

它却弹了回来,啪的一声打在温妮的脑门上,把她砸得摔倒在地上!

"喵呜!"威尔伯冲到球场上,"喵?"

"我看见好多星星!"温妮迷迷糊糊地说,"有星星,有月亮,还有火箭……"

球来到了流浪者队脚下。

"……还有外星人和流星,还有……"温妮唠叨个不停。

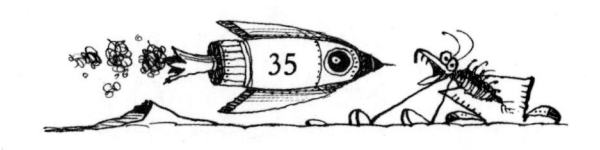

多丽丝带球冲向球门，从威尔伯和温妮身旁跑过。

"……绿色的怪物和星系……"温妮说。

"笨女巫！"多丽丝大声喊道，"小臭猫！"

"什么？"温妮突然醒来，坐直身子大喊，"你说我的威尔伯是什么？！"

温妮站了起来，恶狠狠地冲到多丽丝

身旁，把球从她脚下抢断过来。接着，温妮用力摆腿，踢出了这辈子力道最大的一脚球。只见球唰的一声进入球网！

"球进啦！"温妮喊道。她把裙子提起来套在头上，在场上狂奔庆祝。但与她一起欢呼的却只有流浪者队队员。

温妮放下了裙子。她看到威尔伯摇了摇头。

"我不是进球了吗!"温妮说。

"进是进了,但进错了门!你帮对手得分了!"萨姆说。

"踢得真烂!"孩子们嘲笑道。

"谁踢得烂?"温妮说,"我?那我就去吃点零食,这总不能出错了吧?"

于是温妮拿出了她带的零食。

嘀——帕尔玛太太吹响哨子:"中场休息!"

博格底流浪者队的队员们抢先拿到了零食。但村子里的孩子们好像对这些零食不是很感兴趣。

多丽丝抓起一大把小血痂饼,蘸了蘸霉菌酱,然后一股脑儿塞进嘴里。

"呕！"她把嘴里的东西全吐了出来，"呸！"

"怎么了？不好吃吗？"温妮问，"那就来一杯口水奶昔漱漱口吧。"

流浪者队的队员们吸了一口奶昔，然后一块干呕起来。

流浪者队所有队员都捂住了肚子。

嘀——帕尔玛太太吹响哨子:"下半场开始!呃……温妮,你可以把他们球裤上的橡皮筋变回去吗?"

"没问题。"温妮说,"阿布拉卡达布拉!"

两支队伍摆好阵势,准备开始比赛。

"我们输了也别担心,孩子们!"温妮向村民队的孩子们喊道,"我保证会给输家煮一壶香喷喷的浓茶!"

萨姆看向自己的队友。"这下我们非赢不可了!"

村民小孩队队员在场上精妙配合，互相传球，带球过人，躲避对方的防守，最后起脚射门！

"球进啦！"村民小孩队得了一分，接着又连得两分。

"3∶3平！"帕尔玛太太喊道。

"如果打平了，两边队伍都有茶喝！"温妮说。

"再加把劲!"萨姆给队友们加油打气。他滑铲到大块头多丽丝脚下,抢断了球,然后带球冲刺,起脚射门。嘭!球应声入网,结果因为力道太大,球从网兜里反弹了出来,击中了多丽丝的屁股。

嘀——哨声响起,比赛正式结束。
"赢啦!"村民小孩队欢呼道。

"万岁!"温妮喊道,然后她对萨姆说,"不过我确实保证过要给输家煮香喷喷的浓茶,所以我恐怕只能给流浪者队煮了。"

"没事儿,"萨姆说,"你知道吗?温妮,你煮茶的技术和你踢球的技术一样棒!"

"真的吗?"温妮说,"呃,你的嘴可真甜,萨姆。"

44

温妮的短裤

砰!

"哎哟!"

突然一个急转弯!

"好痛!快停下,扫帚!"温妮哭喊道。

温妮正骑着她的扫帚从杂货店购物回来。不过今天风很大,温妮还得避让迎面撞来的乌鸦,一路上真是险象环生。

"我的屁股都被撞得青一块紫一块的了!"温妮说,"屁股都肿了,还坐在全是

疙瘩的扫帚柄上,可真是受罪。"她回头看了看威尔伯,他倒是很开心。"你当然没事了!"她说,"你身上有厚厚的毛垫着呢!"

他们降落后,温妮就安静了下来。进门时她没说话,把大包小包的东西放在地上时她也没说一个字。她站在原地摸着下巴,用几种不同的语调说:"嗯……嗯……嗯?"

"喵?"威尔伯问。

"我在思考,"温妮说,"看有没有什么办法能让我的屁股别那么遭罪了。"她坐到沙发上,扭了扭屁股,压了压沙发垫。"我知道了!"她说,"我可以在屁股上垫个软垫!"

温妮拿出她用来装破布的袋子，把里头的破布全倒在地上。

"嗯……得找点柔软的东西来垫屁股。嗯，快来摸摸这个，威尔伯！这玩意儿像小兔子一样毛茸茸的，摸起来真舒服！还得找些硬一点的东西盖住扫帚上的疙瘩。你觉得这个怎么样？"温妮举起一块粗帆布，"但这样看起来就不好看了。嗯……我还是喜欢好看点的。"她拿出各种布料，选了里面最好看的。

温妮取出她的鲨鱼鳍剪刀,把布料剪成短裤的形状。接下来她本想把线头穿进针孔里,但怎么穿也穿不进去。

"真是见鬼!"温妮说,"看来得施展魔法了。阿布拉卡达布拉!"

一阵吱吱呱呱的叫声响起,转眼间出现了一只老鼠、一只蛤蟆和几只跳蚤。跳蚤带着线头穿过了针孔,老鼠和蛤蟆则负责缝纫。温妮把双手握在一起,充满了期待。

"啊,我等不及想试穿一下了!"

短裤非常合身。温妮照镜子的时候，威尔伯惊讶地捂住了嘴巴。"又好看，又实用！"她说，"走，威尔伯，我们去骑扫帚试试！"

短裤发挥了巨大的作用。就算在高高

的雷云之上,扫帚像没头苍蝇似的横冲直撞的时候,温妮都坐得稳稳当当。

"舒服极了!"她说,"一块淤青都没有!呃……你没事儿吧,威尔伯?"

他们回到家里时,温妮摇着手指,又不停地说着"嗯"。"威尔伯,我还真是个天才。有了这些小帮手,做短裤就是小菜一碟。不如我们多做一些,然后开店卖短裤吧!"

于是他们就一起制作了很多"温妮式"短裤。

"在短裤边再缝上蛛网蕾丝边,"温妮说,"这样就能多卖点钱了。现在只差一间商店了。"温妮挥了挥魔杖,"**阿布拉卡达布拉!**"

转眼间,温妮家的前厅就变成了一家商店。店里有一台收款机用来放钱。温妮按下了上面的按钮,收款机发出叮的一声,抽屉突然弹了出来,把威尔伯推下了收银台。

"喵!"

"哎呀，对不起，威尔伯。不过，你觉得这台收款机棒不棒？瞧见了吗？有那么多放钱的小格子呢！"

他们把短裤一一摆放出来，摆得极具创意，还在每条短裤上加了价签。

"开门吧,威尔伯,可以让客人进来了。"温妮说。

嘎吱——威尔伯费劲地打开前门。但门口一个人也没有。

"哎呀,我给忘了。"温妮说,"大家应该还不知道我们开店了。咱们得打打广告了,帮我写条横幅,威尔伯!"

于是温妮和威尔伯用扫帚拉着横幅，在村子上空盘旋。

温妮加固短裤专卖店开业啦！

"快！"温妮说，"我们得赶紧回去了，现在门口肯定排起长队了！"

结果并没有。

门口只有帕尔玛太太。

"给我来一条加固短裤,因为我要去学滑冰了,到时候免不了摔上几跤,毕竟刚开始学嘛。"她说。

"这些短裤就是为你量身定制的。"温妮说,"你想要什么图案呢?印着蚂蚁的怎么样?"

"呃……算了。"帕尔玛太太说,"有纯色的吗?"

"有一条纯黑色的,上面有漂亮的蕾丝边。"

"哦,我喜欢!"帕尔玛太太说。

"还有蜘蛛在上面帮你织蕾丝边呢,你不会介意吧?"温妮问。

"呃……"帕尔玛太太说,"这个……"

"这样吧,"温妮说,"毕竟你是我的第一位顾客,我就给你个赠品。我免费送你一只青蛙,等蜘蛛织完蕾丝边以后就可以让青蛙把蜘蛛吃掉,这样你就不会痒了。"

"天哪!"帕尔玛太太惊叫着转身跑了。

"这个女人真奇怪。"温妮说,"好着急呀!怎么还不开张,我想用用收款机!外面有人在排队吗,威尔伯?"

外面一个人也没有。整个下午,都没人再来光顾温妮的短裤专卖店。

"看来只能把短裤都送出去了。"温妮伤心地说,"给我的姐妹每人送一条吧。她们收到肯定会感到十分惊喜。"

于是温妮给万达打包了一条。

给威尔玛打包了一条。

给温迪打包了一条。

"阿布拉卡达布拉!"

所有包裹都飞上了天。

"对了,"温妮说,"我自己还要留七条,刚好可以每天换一条,够穿一个星期。但还剩一条怎么办呢?"她望向威尔伯。

"喵!"威尔伯转身就跑,但还是被温妮抓住了尾巴。

"用来给你当帽子最好不过了!"她一边说一边把短裤套在威尔伯的脑袋上,"正好有两个洞,让你的耳朵露出来,多漂亮呀。戴着舒服吗,威尔伯?"

"呦!"

"哦，对了，"温妮说，"我又想到一个好主意。先等我把买的东西拆开。"

温妮把买来的茶叶都拆开，倒进收款机里，每个格子放不同口味的茶叶，有艾蒿茶、潮虫茶和大蒜茶，还有荨麻茶、豌豆茶和鱼翅茶。

"完美!"她说,"这样每个口味的茶都有地方放了。接下来就该我发挥想象力了。"她关上抽屉,"呃……我应该尝尝哪种口味呢?艾蒿加豌豆味吧!"她看了一眼威尔伯,"再加一点点鱼翅味的。"

温妮按下了按钮。

叮!

她用勺子把茶叶舀进茶壶里,然后加入沸腾的水。

"瞧好了!"温妮说,她给茶壶套上了一条短裤,"刚好两个洞,一个露出壶嘴,一个露出把手。这样茶水就能保温很久了。我是不是天才?"

"喵呜。"威尔伯说。

66

温妮的二手货

"电视遥控器呢,威尔伯?是不是又被你拿去玩'太空猫咪'了?"

"喵。"威尔伯摇了摇头。

温妮把果酱罐举起来,发现里面已经完全发霉了。她又把发网、臭烘烘的拖把、被撕破的小册子和还剩半杯水的开裂茶杯拿了起来。她拿起微波炉,但发现下面全是灰,还有一些豌豆、一支圆珠笔、一把梳子和一窝小蜘蛛。

她拿起威尔伯的尾巴。

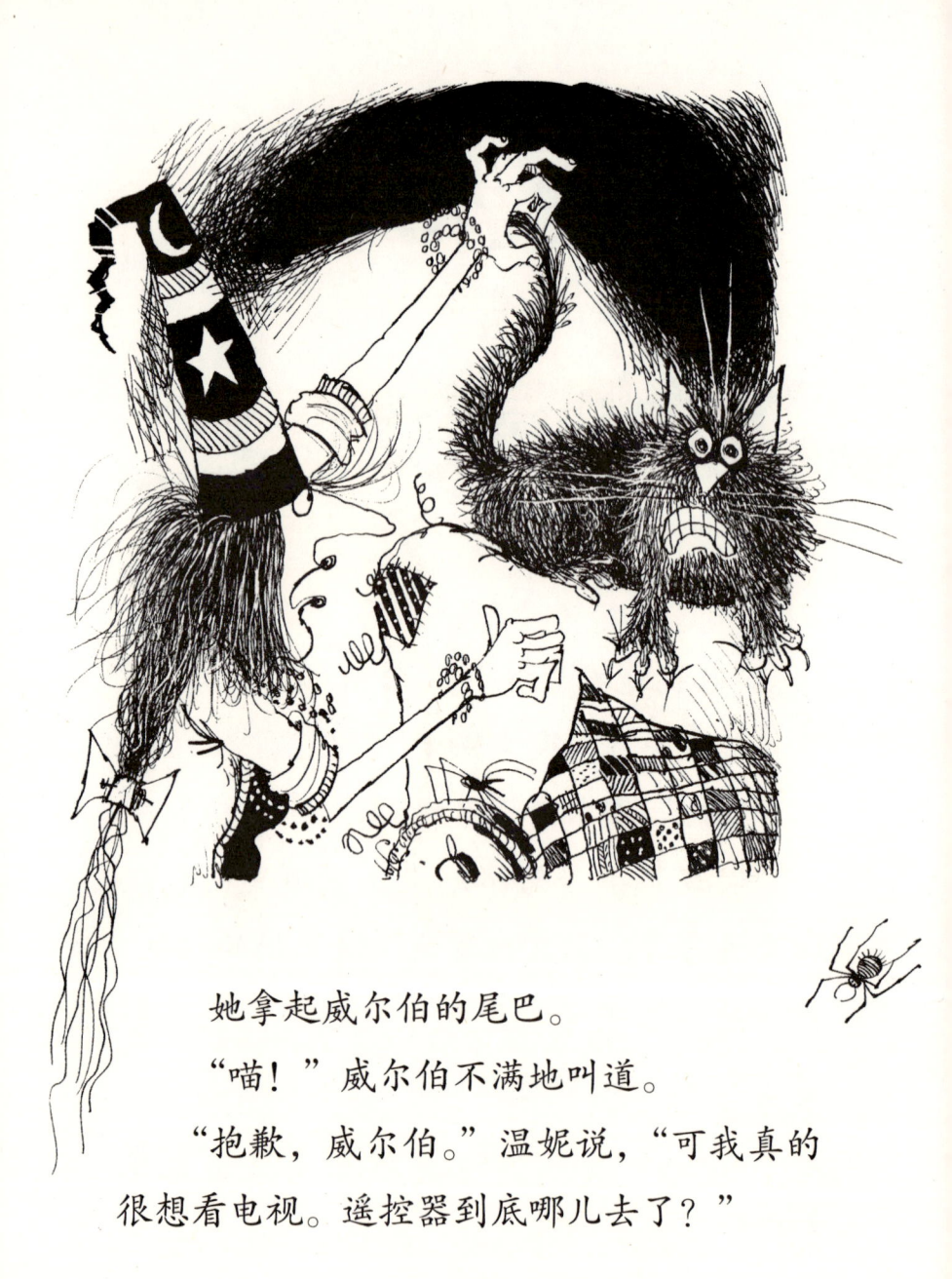

"喵!"威尔伯不满地叫道。

"抱歉,威尔伯。"温妮说,"可我真的很想看电视。遥控器到底哪儿去了?"

温妮用手在沙发底下摸来摸去，摸出了一只臭袜子、一块不知道放了多久的饼干、一只吓坏了的老鼠，还有……

"喵！"威尔伯用爪子指了指温妮的毛衣兜。

"哎呀，我怎么像只晕乎乎的跳蚤似的！"温妮说，"你真棒，威尔伯。坐下吧！"

啪——温妮打开电视，看起了《如何拥有整洁的家》这档节目。

"家里收拾得干干净净，脑袋才能灵光。"漂亮的主持人小姐说，"扔掉杂物！清理垃圾！"

"这主意倒是不错。"温妮说，"如果没有那么多垃圾，我就不会找不到东西了。

我要开始打扫卫生了！"

温妮把漏水的雨靴、生锈的扳手、脏兮兮的盘子、断了的指甲钳、蜗牛压扁器和叉齿弯曲的叉子收了起来。"问题来了，我该把这些东西放在哪里呢？"温妮问道，

"我得好好想想。呃……嗯,我们需要一个很大的橱柜。"

温妮把东西都扔在了地板上。"走吧,威尔伯。"她说,"我们去趟家具店。"

温妮和威尔伯骑着扫帚,嗖的一下就飞到了村里的家具店。

"我就要那个大橱柜,谢谢。"温妮对家具店老板说。

"一共是13英镑,谢谢。"家具店老板说。

"13!"温妮挠起了头发,"还是英镑!"温妮从兜里翻出她的蛤蟆皮钱包,"呃……20便士卖不卖?我再加一块松软的太妃糖和一张买错了的公交车票?"

"要么给钱,要么走人。"家具店老板说。

73

"哦,那倒也不错!"温妮说,"那我就走人,你把橱柜给我吧!"

"别做梦了。"家具店老板边说边把温妮往门外推。

"唉,阿布拉卡达布拉!"温妮挥舞着魔杖说。

很快,一张崭新的钞票就出现在她的钱包里。

"给你!"温妮挥舞着钞票对家具店老板说。

"我从来没见过这种钞票!"他皱着眉头说。

"这是一百万英镑的钞票。"温妮说。

"一百万英镑!"家具店老板说,"这我怎么找得开!"

家具店

"不用找了。"温妮说。

"哈哈!"家具店老板笑着说,"如果这张一百万英镑的钞票是真的,你怎么可能让我不用找零?你骗不了我,女巫温妮。这肯定是假币!快离开我的店,除非带上真钱,要不然就再也别来了!"他把温妮和威尔伯赶出了家具店大门。

"真丢人,简直像一只被剃光了屁股上的毛的兔子!"温妮说,"一个橱柜怎么这么贵,我上哪儿弄那么多钱?"

威尔伯用尾巴指向一张海报。上面画着很多车停在一片空地上,还有很多桌子,

桌子上放着各种各样的东西,人们看着这些东西,开心地笑着。

"这是车尾厢二手集市①吧?"温妮说,"你别说,这主意可真不错!我们可以把东西都卖出去呀!你今天真棒,威尔伯!"

于是温妮把她的杂物都打好包。

"哎,可是我们没车,没法把东西放在后备厢卖。"温妮说,"我们只能把东西都装在袋子里,骑着扫帚去了。实在不行,我可以把东西都装在靴子②里展示嘛。"

可怜的扫帚载上了各种大大小小的箱子、袋子和靴子,还有温妮和威尔伯。

---

① 一种旧货交易形式,人们把车辆群集于停车场等地,然后把货物放置在车后备厢中出售。——译者注
② 车尾厢二手集市的英文是 car boot sale,boot 是后备厢的意思,这个单词的复数形式 boots 还有靴子的意思。——译者注

"加油，扫帚！"温妮喊，"快飞起来！如果你能把我们带去学校操场，我就帮你梳梳扫帚毛！"

砰！啪！——他们降落得并不顺利。他们在草坪上支起了摊子：有带缺口的便盆、破烂的鼻涕虫陷阱、钝得不行的切割机、被撕破的衬裙、被打掉鼻子的内丽姑奶奶的半身像，还有一碗浓泥汤，等等。

"我们的摊子上东西真多，我不信别

人不想买！你负责举着帽子收钱吧，威尔伯。"温妮说，"我们马上就要发财啦！"

时间一分一秒地过去了，尽管现场人山人海，但温妮的帽子里还是一分钱都没有。时间嘀嗒嘀嗒不断流逝，威尔伯先是把帽子戴在头上，然后直接坐在了帽子上，最后甚至直接趴在帽子上呼呼大睡起来。

温妮一屁股坐在扫帚上，尽力保持清醒。"大家怎么都不来买我的东西呢？"温妮说，"你看！他们在其他摊位上倒是买了不少东西，真不公平！"

但其他摊位上的东西可没有温妮摊位上的糟糕。

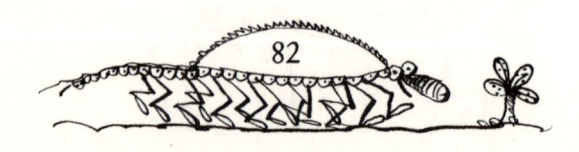

"呼噜呼噜！"温妮也打起了呼噜，接着就掉下了扫帚。砰！噼里啪啦！

"哎哟！"温妮摔倒在她要卖的陶器上，把它们砸了个稀巴烂。

"喵！"被吵醒的威尔伯嘲笑道。

"哈哈哈！"二手集市现场的人们也笑个不停，他们都围到温妮的摊位前看热闹。

温妮突然笑了。"我知道了！"她对威尔伯说，"这就是我们的'幸运一摔'！"

"喵?"威尔伯不解地问道。

温妮站了起来。"瞧一瞧,看一看!"她喊道,"只要13便士,就能试试看你能用靴子砸碎什么东西!"

"我先来!"

"那我下一个!我要砸两次!"

砰!啪!噼里啪啦!各种盘子和其他杂物碎了一地。

很快，威尔伯就被帽子里的钱压得走不动路了。

"我们也不需要橱柜了，因为杂物都没了！"温妮说，"那我们该用这么多钱买什么呢？呃……快看那儿！是我想要的东西！"

威尔伯用爪子捂住了脸,而温妮已经扑向旁边的摊位。她看到了一个魔杖架:"只要13便士?我买了!"又看到一双懒人拖鞋:"啊,我一直想买一双!"还看到一个仙人掌猫毛梳。

"喵!"威尔伯说。

"对,那个我也要。"温妮说。

没过多久,帽子里的钱就全被花光了。结果,温妮和威尔伯最后带回家的这堆杂物,比他们出门时带出来的还要多。

"你知道我们需要什么吗,威尔伯?"温妮说,"我们需要一个橱柜来放这些东西。"

威尔伯重重地叹了口气。

90

嘘，温妮！

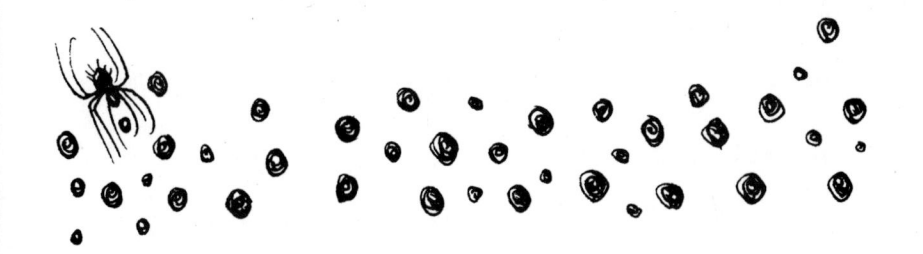

杂货店里，客人都礼貌地小声交谈着……突然，砰的一声，温妮像一头疯狂的犀牛一样撞了进来。她身上全是红点，还不停地挠着。

好痒，好痒！"天哪，真是女巫掉进满是痒痒粉的阴沟里了！"温妮说。啪嗒！她撞倒了一件展示品。"抱歉！"温妮喊道。收银台前排着长队，但温妮挤到了前排。

因为实在是太痒了,温妮挠个不停。"不好意思!"她大声喊道,"我只需要一点点材料,这样我就可以做出胡椒黄瓜药水来治好我的皮疹了。我保证会像舔棒棒糖一样快!店主先生,能给我一罐腌黄瓜和一两个辣椒吗?"

"真是的!"帕尔玛太太气呼呼地说,"这动静也太大了!你应该参加学校赞助的'一起沉默'活动,温妮!"

"学校赞助的什么?"温妮问。

"'一起沉默'活动。"帕尔玛太太边说边从包里拿出一张传单,"只要你保持一分钟的绝对安静,就能拿到钱。"

"酷!"温妮说。

"不过钱会捐给世界上最贫穷的孩子。"帕尔玛太太说。

"这就更酷了!"温妮说,"我愿意为那些贫穷的小孩这么做!"

"哈！你才安静不下来呢！"店主说。其他顾客都哈哈大笑。

"我绝对可以！"温妮气鼓鼓地说，"我想安静多久，就安静多久！"

"那就试试看！"帕尔玛太太说。

"行！"温妮说。

"嘿嘿！哈哈！"大家笑道，"你刚刚说话了！"

"一点儿也不公平！"温妮说，"如果我安静下来真有钱拿，那我准比贴了封条的化石还安静，我保证！"

于是大家都向温妮许诺，如果她保持安静就会给她钱，然后温妮赶紧回了家。

"嘿，威尔伯，"温妮说，"我要保持安静，好赚了钱捐给世界上最贫穷的小孩。"

"喵？"威尔伯问。

"我可以的!"温妮说。好痒!"现在,请你帮我做药水吧,威尔伯。如果能止痒,我就能安静下来,挣好多好多钱!"

吧唧!威尔伯把腌黄瓜捣烂。嘎吱!温妮把胡椒捣碎,接着他们放入辣椒,在榨汁机里搅拌,滋滋滋!他们调制出了一些绿色的、黏糊糊的东西。

温妮把液体捧在手上,然后全部拍到脸上。

"好了!红点消了吗?"温妮问。威尔伯指了指镜子。温妮看了看镜子,摸着脸颊说:"天哪,红点变成蓝点了!"接着她不停地喘起气来。"阿嚏!"

"喵?"威尔伯问。

"我……我,我打喷嚏了!"温妮哭喊着说,"阿嚏!居然变成蓝点了!不对劲儿!"

威尔伯来到电脑前,点击鼠标打开"症状及成因"的网页。

威尔伯输入了"蓝色斑点"和"打喷嚏"这俩词。

他点击鼠标,电脑说出了结果:

"这些症状表明对过量胡椒产生了过敏反应。"

"不算危险,但可能导致做奇怪的梦。症状将在24小时后消退。"

"哦,不!"温妮哭喊着说。

"可那样就来不及了!"温妮哭道,"阿——阿嚏。我要参加'一起沉默'活动,不可以发出声音的!阿——阿嚏。今天就去!"

威尔伯给温妮拿来了一杯热萝卜汁饮料。

"阿——阿嚏！"

他又给她拿了一瓶热水。

"阿——阿嚏！。该死，什么……阿嚏！……都没用！"温妮说。

于是威尔伯把温妮的魔杖拿来了。

"哦，对呀！我真笨！"温妮说，"阿嚏！**阿布拉卡达布拉！**"

一个瓶子和一把大勺子瞬间出现在温妮面前，瓶子里有沸腾的粉红色液体。温妮喝了一匙粉红色的液体后，表情变得怪怪的……接下来还真安静了下来。她不再打喷嚏了。

"万岁！"温妮说。接着……

嗝儿!嗝儿!嗝儿!嗝儿!嗝儿!嗝儿!嗝儿!嗝儿!嗝儿!

嗝儿!

"飞舞的面条,该死的!"温妮说,"嗝儿!现在好了,我又开始……嗝儿……不停地打嗝了。我要怎么才能安静下来?"

"呼噜呼噜!咝咝!"威尔伯叫道,吓了温妮一跳。

"哎哟,威尔伯,你把我吓得像热锅上的跳蚤似的!"不过……四周突然安静下来……温妮不再打嗝了。

"太好了!"温妮说,"我们走!"

温妮走进学校大厅时,大家看起来都很惊讶。

"哎呀,打嗝打得我都忘了脸上还有蓝色斑点了!"温妮说。

孩子们和温妮都坐了下来,还将手指竖在嘴巴前面。

"注意,"帕尔玛太太说,"倒数结束后,大家要保持绝对的安静。五,四,三,二,一!"

没人出声……结果——嗝儿!温妮打了个嗝。

温妮用手死死捂住嘴巴，但还是阻止不了。嗝儿！嗝儿！

"取消资格！"帕尔玛太太大声说，吓得温妮像蹦床上的袋鼠一样跳得老高！

"呜，请再给我一次机会！"温妮说，"看在那些穷孩子的分儿上，可以吗？"

"哦，那好吧。"帕尔玛太太说，"五，四，三，二，一……"

四周再次安静下来。嘀嗒嘀嗒，一分钟内谁也没有出声。温妮把脑袋放在课桌上。嘀嗒嘀嗒，大家又坚持了半分钟……接着：

呼噜呼噜！
呼噜！

"取消资格!"帕尔玛太太小声说。威尔伯把脸埋在了爪子里。

孩子们安静了很长时间,但大家都开始觉得无聊了……接下来,发生了一件奇妙的事:温妮开始说梦话了……

"……黑豹威尔伯悄悄地走着,和树上一只调皮的猴子说着话。那只猴子就是我!我骑着香蕉飞行……嗖!我的翅膀拍打起来,带我飞上了银色的大月亮……那是一个深水池,我潜了下去……"

孩子们安静地坐着听温妮说梦话,足足听了一个多小时。时间一分一秒过去了,温妮仍喋喋不休:"于是我们用树叶、虫子和辣椒,很多很多辣椒做了三明治,我闻了一下,接着……"

温妮猛地坐了起来,一脸惊慌。"阿——阿——阿!"她张开嘴,"阿——阿嚏!"她脸上的蓝色斑点随之喷射而出……落到了帕尔玛太太的脸上。

"哈哈哈!"小孩们哈哈大笑。

"嘀嘀!"帕尔玛太太吹响哨子,"你们全部都取消资格!'一起沉默'活动结束了!"帕尔玛太太说。

"啊!是我的错吗?"温妮问。

"算是吧。"帕尔玛太太说,"不过是你一直在用梦里的故事吸引他们的注意力,如果没有你,他们根本不可能安静这么久的。孩子们募集了很大一笔善款,为此我要谢谢你,温妮。"

"哦,那我也算是办了件好事。"温妮说,"呃……不用担心那些斑点,帕尔玛太太。它们在二十四小时后就会消失了,当然,如果你打一个大喷嚏,它们会消失得更快。"

"什么斑点?"帕尔玛太太说。

但温妮和威尔伯已经在回家的路上了。

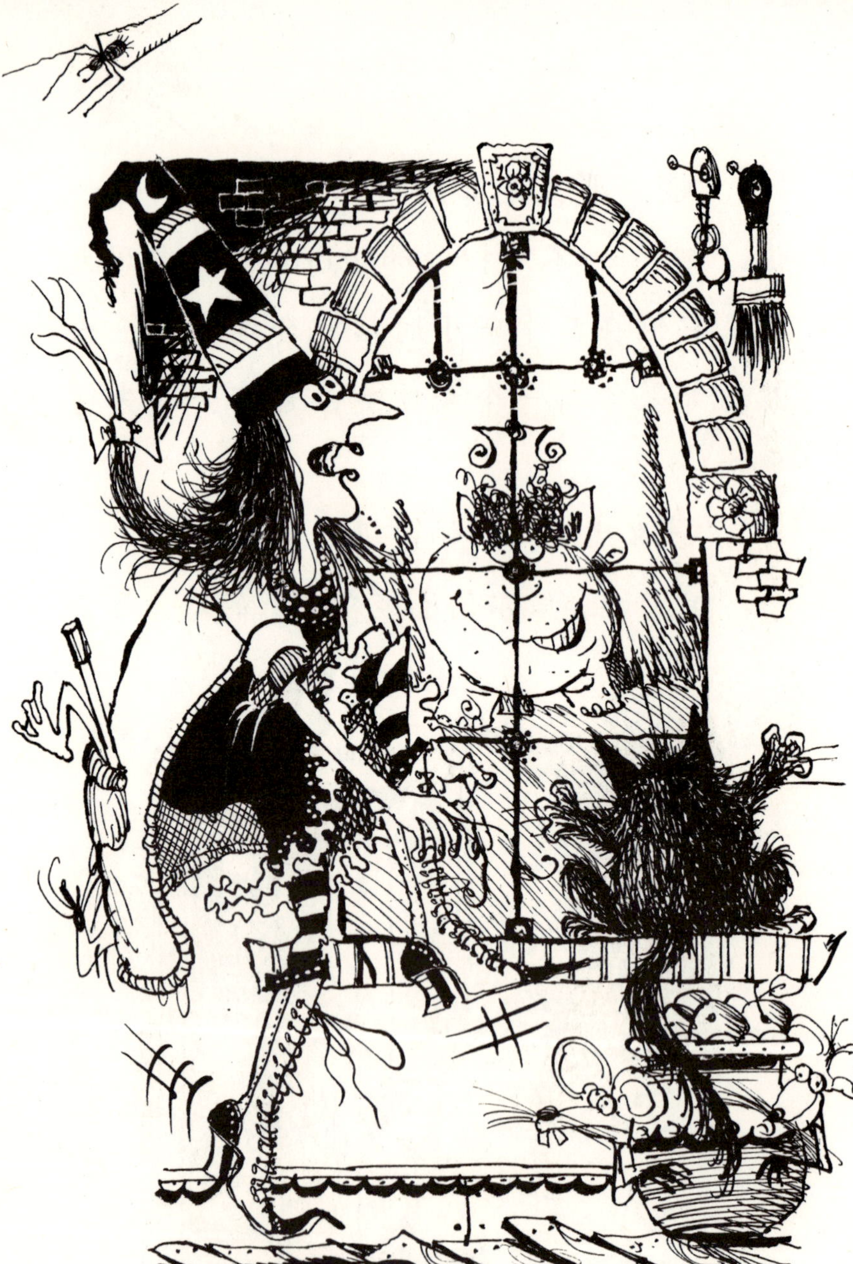

温妮的煎饼赛跑

"天气真是好极了!"温妮系好一只鞋的鞋带,单脚跳着说,"阳光明媚,小草生长,鲜花盛开,小羊小兔蹦蹦跳跳,还有……呃……车道上有奇奇怪怪的东西在走。"

"喵?"

"哦,我真笨,原来是帕尔玛太太!她想干吗?"

啪！"见鬼，我这可恶的鞋带竟然断了！"

温妮拖着步子走到前门。

"早上好，温妮。"帕尔玛太太说，"你知道今天有春季游园会吗？"帕尔玛太太看了一眼温妮的脚，"奖品有漂亮的鞋子。"

"哦,我正好需要鞋子!"温妮说,"我要怎么才能赢得奖品呢?"

"游园会上有煎饼赛跑。"帕尔玛太太说。

"煎饼?"温妮说,"小菜一碟碟,挤爆小虫虫!我的牛粪团煎饼可出名了!"

帕尔玛太太白了她一眼:"要参加煎饼竞速比赛,你得做正儿八经的煎饼。"

嗡嗡！

"竞速比赛？"温妮说,"难不成要把煎饼当车轮子用？"

"不是,"帕尔玛太太说,"你拿着平底锅,锅里摊一张煎饼,一边跑一边把煎饼抛向空中,让它翻个面落在锅里。"

"听起来还挺有意思的！"温妮说,"你会参加吗,帕尔玛太太？"

帕尔玛太太摇了摇头。"我这辈子都没得过什么奖,所以我参加也没意义。"

"就像一只蜈蚣,脚又酸又痛却找不到它的软拖鞋了——真难受。"温妮说,"所以'正儿八经'的煎饼该怎么做呀?"

"先放点儿普通面粉,"帕尔玛太太说,"加上鸡蛋、牛奶,全部混合在一起搅成没有结块的面糊,然后倒进平底锅里煎就可以了。"

"小菜一碟!"温妮说,"那我们游园会见,帕尔玛太太!"

温妮关上门。"说起来,"她说,"我得先想办法把鞋带弄好。"

"喵?"威尔伯提议道。他搬出一个罐子,里面装着又长又卷的黑色物件。

"甘草根鞋带,完美!"温妮说。她将两根甘草根穿在鞋带孔里,然后把它们系紧。"这个主意真是绝了!现在该去做煎饼了。帕尔玛太太说的第一种材料是什么来着?我记得是鲜花吧?"

于是他们来到花园,收集了整整一篮子的花。

119

“最好把它们捣碎，要不然没法儿混在一起。”温妮说，“呃，我差点儿忘了！帕尔玛太太特别说了，要‘花瓣平整的花’①，所以皱皱的就不要了。把那些花放到一边吧，威尔伯。”

---

① 在英文中，面粉（flour）和鲜花（flower）发音相同。温妮把“普通面粉”（plain flour）理解成了“花瓣平整的花”（plain flower）。——译者注

他们捣呀捣，搅呀搅，把花捣成了黄绿色的花泥。"该加鸡蛋了。"温妮说。

温妮找到一枚老鸵鸟蛋，威尔伯找到一堆蜘蛛蛋。

他们打碎了大蛋，和小蛋一起扔进了黄绿色的花泥里。

"现在只需要加点儿牛奶了。"温妮说。她从冰箱里拿出一罐不知道放了多久的臭鼬奶,倒了进去。

威尔伯捏住了鼻子。

他们搅拌着浓稠的混合物。"这算是没有结块的面糊吗,威尔伯?"

他用爪子指了指漂浮在黏液中的绿色结块。

"管它呢,应该也能做成煎饼。"温妮说,"把锅烧热吧,我们来做煎饼。"

热油滋滋作响!

"见鬼!"温妮说,她在满是结块的绿色"煎饼"上刮刮铲铲,"算了,至少不会到处乱流了。走吧,威尔伯,可不能错过比赛了!"

温妮刚踏出一步,结果啪的一声绊倒在地。

"哎哟!讨厌的老鼠把我的鞋带给啃了!"

威尔伯把魔杖递给温妮。"**阿布拉卡达布拉!**"

转瞬间,温妮的鞋带就变成了身体细长的小蛇。它们发出咝咝的声音,吓得老鼠落荒而逃。

"终于准备好了！"温妮说。

他们来到春季游园会场地，正好赶上煎饼赛跑的参赛选手排好队准备开跑。

"等等我！"温妮挤到队列中。

嘀——！哨声响起，选手们应声开跑！

有的选手在跑,有的选手在走。温妮超过了合唱团的指挥。她身边全是在半空中上下翻动的煎饼。温妮刚超过学校的食堂阿姨,这时……

"喵!"威尔伯说。校长也用扩声器喊道:"没有翻煎饼的人要被取消资格!"

"可我的煎饼粘在锅上了!"温妮说,"它没法儿……"接着,温妮被绊倒了!因为鞋带小蛇无聊极了,就扭来扭去,钻出了鞋带孔,害得正在奔跑的温妮措手不及,只好来了个前空翻。

"你们看!"她重新站稳后,气喘吁吁地喊道,"我连人带煎饼一起翻了!"

"不算!"校长说,"煎饼必须离开锅才算!"

"哼,真讨厌!"温妮嘟囔着说。她挥了挥魔杖:"阿布拉卡达布拉!"

这一次,温妮的煎饼确实离开了锅。那玩意儿不停地上升……但一直没有落下来。

"天上又出现了一个月亮!是绿色的!"校长说。他把双手紧紧攥在一起。"我发现了新月亮!人们会用我的名字给它取名,叫'校长月亮'!我要出名了!"他激动地跳起舞来,"我可以退休了!"

校长盯着天空看的时候,比赛也结束了……嗖——温妮的煎饼终于落了下来,啪嗒一声砸在帕尔玛太太的脑袋上。

啪嗒!

"哎呀，糟糕！"温妮说，"抱歉，帕尔玛太太！"温妮上前，准备把煎饼取走，可突然又被鞋子绊了一下！"哎哟，发霉的臭虫！"温妮说，"干脆一次性全部系紧得了！"她挥了挥魔杖："阿布拉卡达布拉！"

旁边的孩子们正在参加"最漂亮帽子比赛",突然间,他们帽子上的彩带都飞了起来。一根红色的彩带紧紧绑住了温妮左脚的鞋子,一根绿色的彩带绑紧了她右脚的鞋子。就连威尔伯的尾巴上都拴了一根粉色的彩带。一根黄色的彩带把煎饼牢牢绑在了帕尔玛太太的脑袋上。校长手里的扩音器上也绑了一根紫色的彩带。

"今天怪事儿真多!"校长说,"呃……

女士们、先生们,我要宣布今天'最漂亮帽子比赛'的第一名是谁了。"校长看向孩子们,他们帽子上的彩带都不翼而飞了。没了固定的东西,大家的帽子都东倒西歪的。然后,他看到了帕尔玛太太。

威尔伯把水仙花插在了她的煎饼帽子上。"啊,帕尔玛太太!"校长说,"多漂亮的春日景象啊!你赢得了大奖!"

"哦!"帕尔玛太太不好意思地说。

"瞧见没,帕尔玛太太?"温妮说,"我打赌,你以前从来没得过奖,肯定是因为你从来没参加过任何比赛,对吧?"

"你别说,还真是这样。"帕尔玛太太

同意道,"但我觉得这双漂亮的鞋子应该归你,温妮!"

"我不需要鞋子!"温妮指着自己的鞋子说,"这样我们大家都会很开心。"

"喵!"威尔伯抱怨道,他挣扎着想把尾巴上的粉色大彩带扯下来!

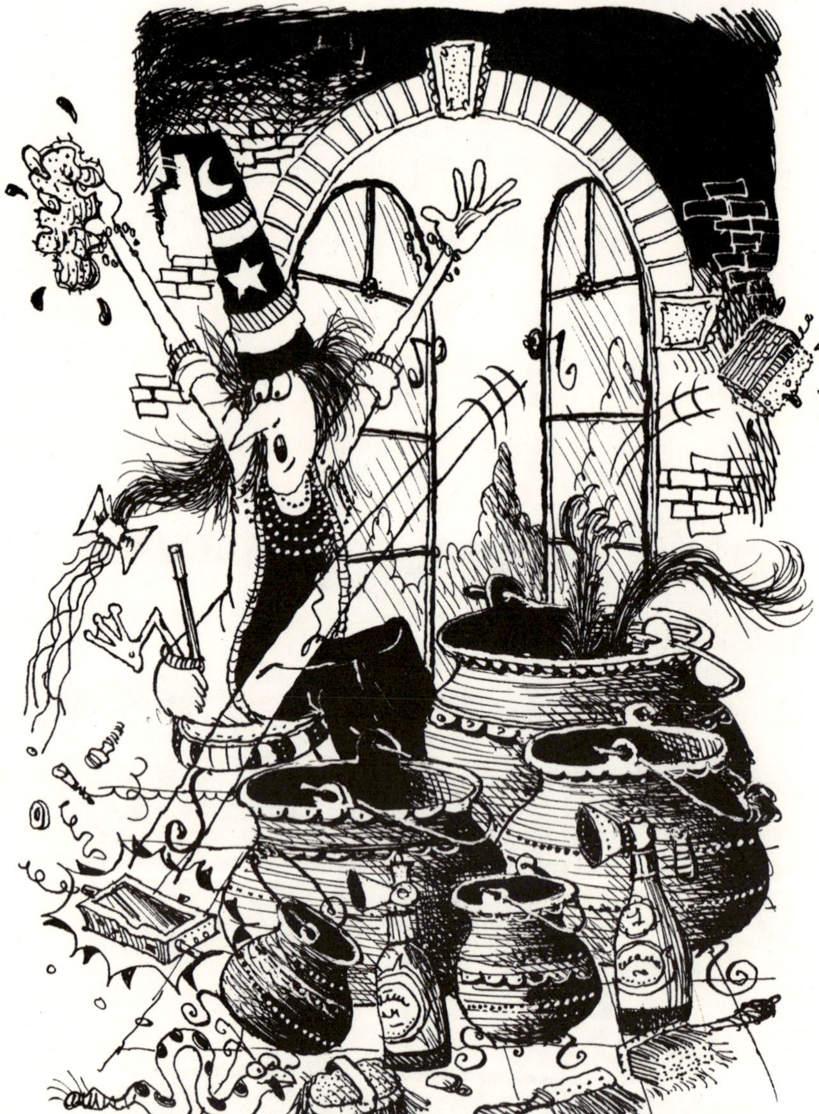

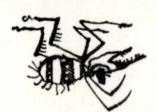

温妮的卫星导航

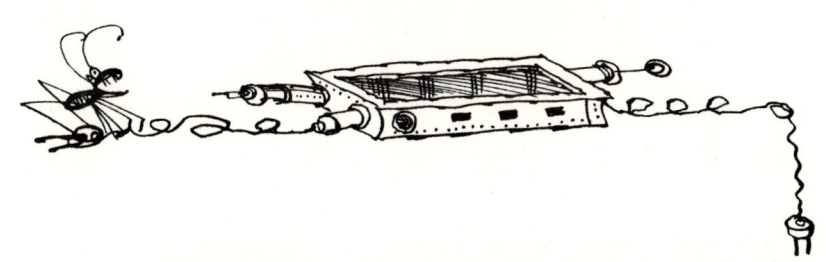

温妮和威尔伯刚刚把所有的大锅都擦亮了。

"都搞定啦,威尔伯!"温妮伸着懒腰说,"现在我们可以想做什么就做什么了!"但就在这时……

嗖——哐当!有样东西飞进窗户,落在温妮身旁。

"我的老天爷,这是什么?"温妮说。

原来是个信息舱。

"哦,这玩意儿可真先进!"温妮说,"准是万达发过来的!"

确实是万达发的。温妮按下信息舱上的按钮,万达那尖锐的嗓音立马传了出来。

"温妮!听得见吗?"

"当然听得见!"温妮赶忙把信息舱拿远,说道。

"温妮,快来看看我的新住处。我和韦恩刚搬进来,就在撒尿池塘这里,风景可好了。我们的新家风格独特,又方便又干净,而且特别先进、特别时髦,结构设计也很出色,是一座很棒的独栋房子,可不像你那儿又破又土、又脏又乱。温妮!快来和我们喝杯茶,好好瞧瞧这地方。三点钟见。对了,你非要把那只瘦巴巴的老猫带来也行。"

"喵!"威尔伯生气地说。

"你说得太对了,威尔伯!"温妮说,"我那个姐姐的脾气真是比河马的屁股还臭!她的新住处肯定很没意思,但终归是一家人,我们还是去看看吧。我们还得带点儿恭贺乔迁的礼物过去。"

"喵?"威尔伯耸了耸肩。

"我也不知道。"温妮说,"一只漂亮的虎皮鹦鹉怎么样?颜色搭配肯定合她胃口。"

威尔伯跳起来,发出啧啧啧的声音。

"嗯,对,你说得没错!"温妮说,"那地方有韦恩在,虎皮鹦鹉肯定活不过五分钟!那要不送只秃鹫吧?它可以坐在电视机上给她唱《秃鹫之歌》。嗯……"

叮当——咕咕！叮当——咕咕！温妮的手表响了。

"见鬼，已经两点咕咕钟了！没时间挑礼物了！我们得出发了！呃……撒尿池塘在哪儿来着？"温妮说。

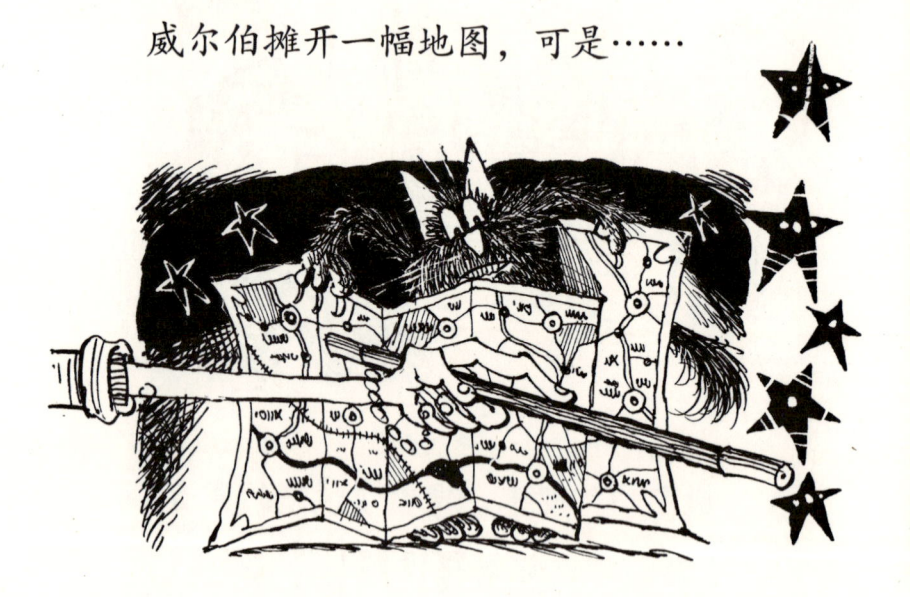

威尔伯摊开一幅地图，可是……

"把地图拿走，威尔伯！"温妮说，"我要让万达看看，我也可以玩先进的东西！"温妮挥了挥魔杖，"阿布拉卡达布拉！"

一个卫星导航盒立马出现在桌上。温妮把盒子连接在她的扫帚上。

"上来吧,威尔伯!"她说。然后她在卫星导航屏幕上戳了戳。

嘀嘀!啵啵!

"搞定!"

"喵!"威尔伯卷起地图,夹在胳肢窝下。

"我们不需要那玩意儿!"温妮嘲笑道,"卫星导航的效果堪比魔法!只管闭上眼睛,它肯定能把我们带到想去的地方!"

于是温妮和威尔伯都紧紧地闭上了眼睛。

"出发!"温妮说道。只听到嗖的一声,他们就飞上了天。

"啊哈!"温妮喊道。

但很快——咔嗒,咔嗒——威尔伯的牙齿开始打战。

"真的好……好冷,"温妮说,"不……不知道……"她睁开眼睛,"真是见鬼,威

145

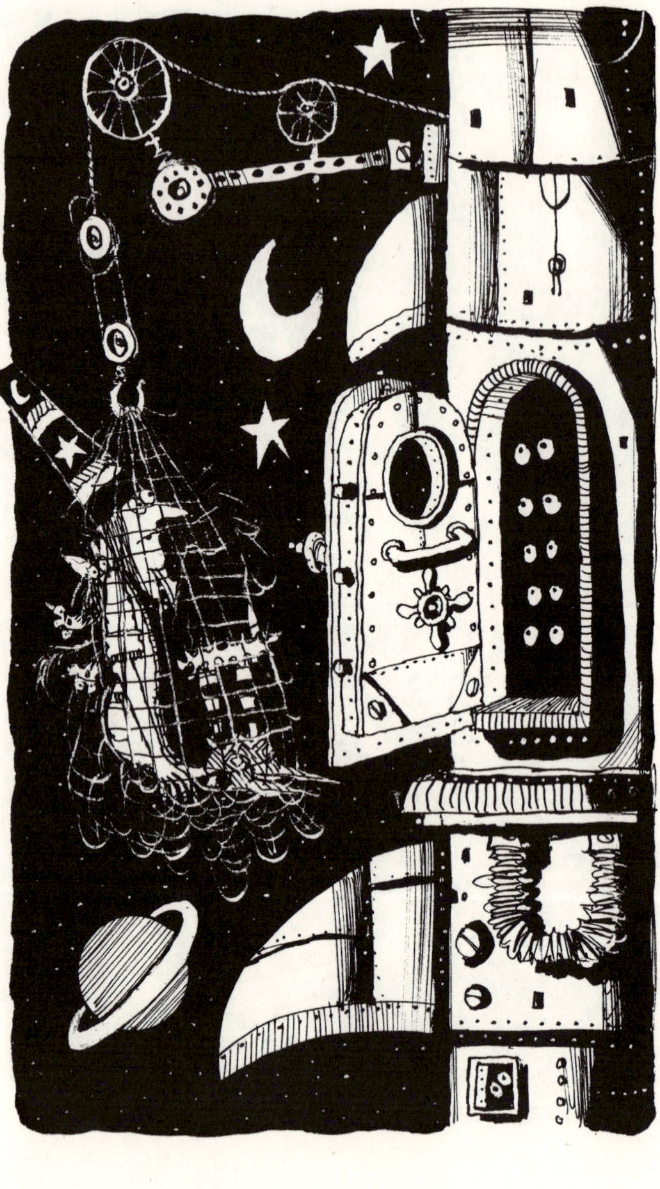

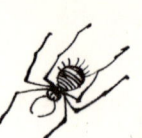

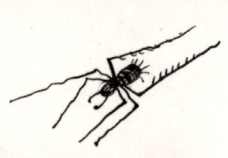

尔伯！你看这些星星！我们走丢了！飞到外太空了！"

"喵！"威尔伯伸出一只爪子指着前面说。原来他们面前有一艘宇宙飞船，飞船下悬挂着一张大网。

"太空捕鱼！"温妮说，"谁在捕鱼？想捉什么？"但她还没来得及往下想，飞船下面的大网就突然把温妮、威尔伯和扫帚裹了起来。

"哎呀！"温妮喊道，他们被网兜了起来，摇摇晃晃地进入了飞船舱门，被放到地板上。

"喂！"温妮挣脱开大网站了起来，摇晃着手指说，"到底是什么……哦！"温妮突然发现自己在跟谁说话。

外星人,很多很多外星人。

"哎呀,呃……你们好。"温妮说。

"布噜,布零,布啦!"其中一个外星人说。他正指着温妮。接着,所有外星人都伸出指头指着她,哈哈大笑:"布哩,布哩,布哩!"

然后外星人们戳了戳温妮。

"嘿!"温妮不满地喊道,跳到了一边。

"布哩,布哩,布哩!"外星人依然在笑。他们又开始用手指戳她,温妮不得不左蹦右跳来躲避。不过外星人们净顾着笑了,居然没有注意到威尔伯顺着飞船边缘偷偷摸摸地溜到了控制室。

威尔伯摊开地图,开始在屏幕上点点戳戳,然后他拉动操纵杆,按下按钮,最后——猛地加速!旋转!飞船突然开始增速,朝地球飞去。

嗖——砰!他们降落了。

"布哩戈?"外星人们互相问道。

"我们在哪儿?"温妮问。

威尔伯指了指外面。

"万达的住处!"温妮说,"她就在那儿!"

"我的天哪,温妮。"万达看着宇宙飞船说,"可真够先进的。这些绿色的玩意儿是什么?"

"哦,"温妮说,"这个嘛,他们是……呃……外星人,来跳舞给你看的。"

"布哩戈?"外星人问。

万达和韦恩带温妮参观了他们的新房子，干净得让人想打哈欠，真没意思。

"这些瓷砖都是意大利的。韦恩的丝绸靠垫都是伊朗的。还有……"

温妮连打了几个哈欠！"真不错。"她说，"现在能喝茶了吗？我的舌头比羊皮纸还干！"

他们坐在露台上。"这些椅子是来自……"万达继续唠叨个不停。但没关系,因为威尔伯把音乐换成了又吵又闹的风格。温妮一边喝着旋花茶,一边吃着山莓,而外星人们开心地跳起了舞。

音乐声节奏十足,欢快极了。

威尔伯拿起魔杖指指点点，让外星人起舞。外星人们开始蹦蹦跳跳。

"哈哈哈！"温妮大笑。

外星人们看起来非常喜欢跳舞，就连万达都开始跟着拍手了。

"真是场有趣的茶话会，温妮！"万达说，"但先别走，好吗？家里太干净了，唯一的麻烦就是根本没什么要打扫的地方。"

"唉,你真是跟熨衣板一样无聊死了!"温妮说,"你怎么不让外星人留下来?这样你就有的忙活了。"她把外星人都赶进屋内,然后把玻璃门关上了。

"哦,别把装饰品打碎了!"万达说。但这话已经说晚了。

"真对不起,万达!"温妮说,"快!把外星人都弄回飞船上,威尔伯!"

于是威尔伯把外星人都赶到飞船上。嗡嗡嗡！飞船发动机的声音响起……但飞船却一动不动。

"刚刚落地的时候把他们的导航系统给撞坏了！"温妮说。

威尔伯指了指温妮的卫星导航盒。

"你可真机灵，小猫！"温妮把卫星导航盒装在飞船上，按下了"出发"键。

"他们起飞了！"她说。

"我现在可以重新装修了!"万达开心地笑着说。

"我们也走了,"温妮说,"再见!"

"布零,布哩!"一个微弱的声音传来。

"什么声音?"温妮说道。

万达唰的一下脸红了。"我决定留下一个外星人,"万达抬起帽子说,"毕竟来自外太空的家伙风格挺独特的……"

"再见!"温妮说,"把地图打开看看吧,威尔伯,找找回家的路!"

158

温妮爱健身

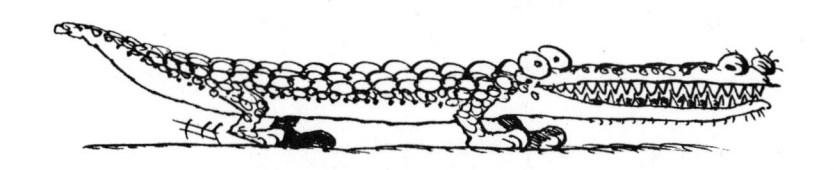

啪嗒！啪嗒！啪嗒！温妮床边的鳄鱼闹钟响了起来。啪嗒！啪嗒！

"什么？我这是在哪儿？为什么？"温妮哈欠连天，迷迷糊糊地睁开眼睛，"不会这么快就要起床了吧？"

威尔伯也打了个大大的哈欠，伸了个懒腰。

"见鬼，威尔伯！"温妮坐了起来，"我明明睡了一整晚，怎么跟懒惰的树懒一样累？"

威尔伯又打了个哈欠。

"看来你也没比我好到哪里去！"温妮说，"我们不应该这么疲惫的！"

温妮的眼睛半睁半闭，上眼皮和下眼皮直打架，她挣扎着起身穿衣服。"应该运动运动，这样才健康。我得穿点儿特殊的衣服。"温妮穿起一条运动裤……但只穿到大腿一半处就再也没法儿往上提了。"见鬼！情况比我想象的还糟！"温妮说，"我胖得跟足球一样！帮我把裤子穿上，威尔伯！"于是威尔伯帮着温妮一起使劲提裤子，虽然裤子是穿上了，但是紧得连腿都没法儿弯。"运动服也这么紧！"温妮拉衣服拉链时抱怨道。

161

"喵喵喵!"威尔伯笑话道。

"不准笑!"温妮说,"你跟我一样胖!我们得锻炼身体、吃健康食物了。"

"喵!"威尔伯发出一声哀号。

"唉,毕竟早上累得起不来,胖得穿不上衣服可不是好事儿呀。"温妮说。

于是他们各自只吃了两颗莓子当早餐。(只不过威尔伯趁温妮不注意又偷偷啃了只老鼠。)

咕噜咕噜！温妮的肚子开始叫了，她用渴望的眼神看着饼干桶。巧克力饼干！浓浓的奶油！但她还是摇了摇头。"不行不行！"，她说，"穿着这套运动服就塞不进饼干了。我们出发去健身房，威尔伯！"

威尔伯倒吸了一口冷气。

健身房里有温妮的私人教练,他个子很高、肌肉发达,名字叫奈吉尔。

"弯曲手臂!"奈吉尔说。温妮试着弯了弯胖胖的手臂,但根本弯不下去。"弯腰做拉伸!"奈吉尔说。温妮弯了一点点就没法儿继续弯了。她尝试着拉伸,但因为运动服太紧了,根本伸不开。"我的天哪,"奈吉尔说,"你得好好练练了!"

"喵喵喵!"威尔伯笑话道。

"你的猫也一样!"奈吉尔说,"快去穿上你自己的运动服,肥猫!"

威尔伯穿好猫用运动服回来了。

"哈哈!"温妮笑话道。

"弯曲手臂!"奈吉尔对威尔伯说。

威尔伯弯起手臂,竟然鼓起了大块肌肉。

"哇！"温妮说，"我怎么不知道……"

"别废话了，快好好练，温妮！"奈吉尔说，"你看看威尔伯的身材都这么好了。"

于是威尔伯一边坐在长椅上休息，一边看温妮训练。

"去举重！"奈吉尔对温妮说。

温妮试了试，往上抬了抬！呼呼呼，温妮大口喘气！"见鬼，太重了，根本举不起来！"她说。

"别找借口!"奈吉尔说。

但温妮趁奈吉尔转身的空当儿,晃了晃魔杖:

"阿布拉卡达布拉!"

转瞬间,杠铃就变得和羽毛一样轻了。温妮往上举,再往上举,然后放下!"小菜一碟,我觉得我现在力气大得随随便便能把人捏扁!"温妮说。

"哦!进步很大。"奈吉尔说。他不知道的是,温妮把健身房里的所有杠铃都变轻了,轻到举重的人都跟着杠铃飘到了半空中。

"救命!"飘到天花板上的人都在求救。奈吉尔让温妮上跑步机。

跑步机确实没什么意思。

"这不就是走路吗？"温妮说，"我在家不也能走？！"

"你应该跑起来，而不是走路！"奈吉尔说。

"好吧，跑就跑！"温妮说，她取出魔杖，"阿布拉卡达布拉！"

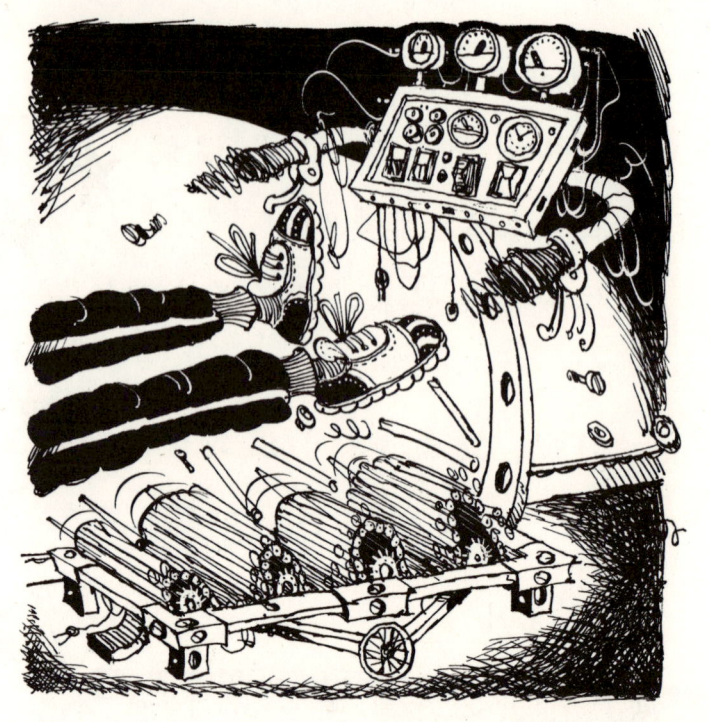

突然间,跑步机的履带飞快地旋转起来,用肉眼都看不清了,跑步机上的人被猛地甩飞了。

"停!"奈吉尔说。于是温妮停了下来。

"我能回家了吗?"她问。

"不行!接下来去游泳。"奈吉尔说。

泳池里已经有人在拍打水花了。

"看起来很有意思!"温妮说。

"才不是呢!"奈吉尔说,"他们不游到全身痛是不能停的!"

"想让我把他们游泳的速度变快吗?"温妮问。

"不……"奈吉尔还没来得及回答。

但温妮已经挥舞起了魔杖。"阿布拉卡达布拉!"

泳池里突然出现了一条鲨鱼!

所有人都尖叫起来!而且他们确实游得更快了。他们飞快地游到泳池边,跳出泳池,撒腿就跑!

"健身房里好像没多少人了,是吧?"温妮说,"奈吉尔?奈吉尔?"

但奈吉尔已经跟着人们一起逃跑了。

"只剩我们两个了,威尔伯。"温妮说,"我身上好热,感觉自己像烤炉里的冰激凌。不如我们洗个凉水澡再回家怎么样?"

于是温妮拉开了上衣拉链,很轻松就脱下了衣服和运动裤。

"太好了,我减肥成功了!"温妮笑着说。紧接着温妮惊呼道:"哦!"原来她身上还穿着羊毛睡衣!"怪不得运动服这么紧!"温妮说,"怪不得我那么热!我真笨!"

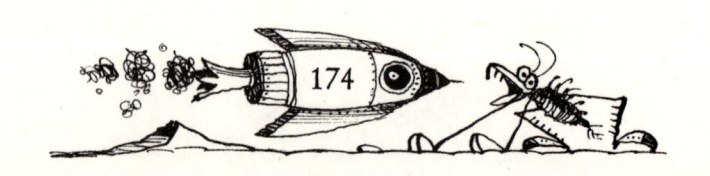

"喵喵喵!"威尔伯笑了。

"别笑了,快脱下你的运动服!"温妮说。

于是威尔伯脱下了运动服……袖子里掉出两个橘子。

"什么?"温妮说,"奈吉尔刚刚是不是以为那玩意儿是你的肌肉?"

威尔伯咧嘴一笑。

"你这只捣蛋猫!"温妮说。

回家路上，温妮不得不用手提着运动裤，要不然裤子就会掉下去。

"不穿睡衣，我竟然瘦了这么多，都快成皮包骨头了！我们得吃点儿东西，威尔伯！"

"喵！"威尔伯指着一家餐厅说。

"好主意!"温妮同意道。

温妮和威尔伯把菜单上所有的菜都点了一份。他们狼吞虎咽,撑得都快吐出来了。

猜猜谁也在餐厅里,而且吃得和他们一样多?

"奈吉尔！"温妮说，"想不想让我帮你加点儿酸葡萄汁？"她挥了挥魔杖："阿——"

但奈吉尔已经出了餐厅，沿着街道跑了起来。

"见鬼，他可真是热爱运动啊！"温妮说，"换作是我，吃了那么多肯定跑不动

了。别说跑了,估计连……"刺啦!温妮的运动裤被撑破了,露出了花花的内裤。"哦,不!"温妮哀号道。

餐厅里所有人都指着温妮哈哈大笑……不一会儿,温妮也在街道上跑了起来!

各位小巫师，欢迎来到女巫充电站。在经历了八场奇幻大冒险之后，相信你的电量已经消耗得差不多啦。在这里，你需要回答下面的八道小问题，都答对后，才能顺利开启下一段刺激的冒险之旅哟。开动你那聪明的小脑筋，开始答题吧。

1. 带着威尔伯到海上钓鱼的温妮，钓到了什么？
　A. 旧油桶　　　　B. 海草　　　　C. 蛤蟆

2. 足球比赛中，温妮答应给输家煮一壶什么？
　A. 奶昔　　　　B. 咖啡　　　　C. 香喷喷的浓茶

3. 温妮最后给茶壶套上了什么？
　A. 壶嘴

　B. 短裤

　C. 帽子

4. 温妮那些二手货，最后怎样了？

A. 送给了别人　　　B. 交换给其他摊位了　　　C. 被砸碎了

5.《嘘，温妮！》这个故事结束时，温妮脸上的蓝色斑点到哪儿去了？

A. 消失了　　　B. 变成了红色斑点

C. 喷射到了帕尔玛太太脸上

6. 春季游园会上获得"最漂亮帽子比赛"奖项的是谁？

A. 帕尔玛太太　　　B. 温妮　　　C. 威尔伯

7. 温妮最后决定带什么礼物前往万达的住处？

A. 虎皮鹦鹉　　　B. 秃鹫　　　C. 什么都没带

8. 在健身房，奈吉尔让温妮进行的训练除了举重、跑步之外，还有什么？

A. 游泳　　　B. 吃大餐　　　C. 与鲨鱼赛跑

答案：1A 2C 3B 4C 5C 6A 7C 8A